눈 속을 여행하는 오랑캐의 말

박정대 시집

눈 속을 여행하는 오랑캐의 말

달아실시선
73

달아실

새드앙에게

보조 용언과 합성 명사의 띄어쓰기 등 본문의 맞춤법은 시인의 의도에 따른 것임.

이것은 눈 속을 여행하는 오랑캐의 말

그것은 어떤 저항의 멜랑콜리

저것은 끊임없이 이 거리로 착륙해오는 차갑고도 뜨거운 불멸
의 반가사유

2022년 겨울 ~ 2023년 가을
이절에서의 눈송이 낚시에서

박정대

차례

눈 속을 여행하는
오랑캐의 말

그러니 눈발이여,
지금 이 거리로 착륙해오는
차갑고도 뜨거운 불멸의 반가사유여

그대들은 부디 아름다운 시절에 살기를

폭설이 올 때 오랑캐의 말은

어디에 있는가?

뉴욕 42번가에 가면 오래돼 철거하는 건물의 폐목재를 가져와 기타의 몸통을 만드는 기타 공방 겸 가게가 있지

나이 든 아저씨와 젊은 아가씨가 기타 가게의 장인이고 매니저인데 아가씨는 어느 날 문득 기타 가게에 찾아와 장인에게 기타 만드는 법을 가르쳐달라 한다

무모하지만 아름다운 아가씨, 다른 누군가 그 기타 가게의 장인이었더라면 아가씨와 벌써 여러 번 폭설을 맞았을 게야

짐 자무시가 고쳐달라고 들고 온 검은색 기타는 울림통이 개오동나무로 만든 거, 개오동나무의 장점에 대해 말하는 짐은 기타의 몸통을 이루는 나무에 관심이 많지, 짐은 이미 〈Only Lovers Left Alive〉에서 기타에 대한 무한한 애정을 드러낸 바 있지

이절 44번가 이절에서의 눈송이 낚시에는 여러 대의 기타가 놓일 것이다

그러나 내가 연주하고 싶은 것은 불꽃과 눈송이로 이루어진 한 대의 기타

내가 기타를 연주하면
그 소리는 허공을 가로지르며 폭죽처럼 터지고
밤의 심장으로부터는 폭설이 쏟아질 게야

폭설이 올 때 오랑캐의 말은
어디로 가는가?

고독 고독 말발굽 소리를 내며
감정의 무한을 향해 달려가겠지

밤새 폭설이 내려 지상의 들판을 하얗게 덮어갈 때
눈 속으로 또 다른 눈이 내려 침묵 침묵 쌓여갈 때

세상에 없던 문장 하나가 불꽃처럼 피어나고 있을 것이다

아무도 본 적 없는 아침이 눈송이처럼 밝아오고 있을 것
이다

이절에서의 눈송이 낚시

안녕, 낭만적으로 인사하고
우리는 고전적으로 헤어진다

한때 모든 노래는 사랑이었다
한때 모든 노래는 혁명이었다

모든 노래는 사랑에서 발원하여 혁명으로 가는 급행열
차였다

반짝이는 차창의 불빛조차도 일종의 혁명을 닮아 있었다

나는 그리움의 힘으로 마시고
설움의 목울대로 노래하였으나

그 어떤 것도 세상을 위한 복무는 아니었다

내가 떠나온 그 무엇을 위해서도 복무하지 않았다

나는 오로지 나를 위해 복무했으니
오 미천하고 비루했던 사랑이여

나는 이제 이 별에서의 혁명을 꿈꾸지 않는다

나의 이제 이 별에서의 이별을 생각하지 않는다

삶은 다른 곳에 있고
나는 여전히 이 행성의 삶에 속하지 않으니

나는 이제 내 작은 숲으로 가야겠다
그곳에서 빛의 음악을 들으며
햇살의 은빛 파도를 서핑하려니

이것은 눈 속을 여행하는 오랑캐의 말
그것은 어떤 저항의 멜랑콜리
저것은 끊임없이 이 거리로 착륙해오는 차갑고도 뜨거
운 불멸의 반가사유

눈 속을 여행하는 오랑캐의 말

미스터 션샤인의 말투로 말하겠소

햇살 좋은 아침이면 앞마당으로 나가 빨래를 너오

그곳에 돌배나무, 목련, 배롱나무, 자두나무, 살구나무,
사과나무, 생강나무, 이팝나무, 자작나무들을 심었소

자작나무에는 따로 이름을 붙여주었소

가난하고 아름다운 사냥꾼의 딸, 꽃 피는 봄이 오면, 자
작나무 우체국, 레아 세이두, 장만옥, 톰 웨이츠, 김광석,
빅토르 최, 칼 마르크스, 체 게바라, 아무르, 아르디 백작,
상처 입은 용, 짐 자무시, 짐 모리슨, 닉 케이브, 탕웨이, 아
르튀르

눈 속을 여행하는 오랑캐의 말들, 이들은 가난하고 아
름다운 나의 열혈동지들이오

돌배나무는 대낮에도 주먹만 한 별들을 허공에 띄우오

그 여름 폭풍은 내 마음속에 있었소

폭풍우 치는 낮과 밤을 동무들과 함께 어깨동무하고 견디오

폭풍우 치는 한 계절이 지나면 장난처럼 고요하고 맑은 저녁이 내 작은 창가로 오오

그리고 기적처럼, 등잔불 피어오르는 고요한 밤의 생이 시작되오

나는 늘 등외에 있는 삶이었고 세상의 통계에 잡히지 않는 삶을 꿈꾸었소

심지어 때때로 나는 태어나지 않았을 때도 많았소

오랑캐의 말을 듣는 누군가의 귀처럼 푸른 이파리들 돋아나는 아침이오

침묵의 함성이 하나의 행성이 되는 시간이 오고 있소

지나가는 바람이 배롱낭구의 매끄럽고 단단한 살결에
입맞추는 아침이오

미스터 션샤인이 빨래를 널고 있는 무한의 아침이오

아르덴 숲의 오래된 적들

옛날의 저편에서 누가 우는가

격정의 사랑을 지나왔네, 옛날의 저편에서

그대들은 웃고 떠들며 옛날을 말한다, 함부로

지나온 사랑에 대하여 말한다

그대들이 말하는 옛날은 지금, 그러나 나는 그대들을
알지 못한다, 그대들은 아직 도래하지 않은 시, 돋아나지
않은 행성들

그대들은 사랑을 잃어버린 황량한 가슴과 모래 폭풍 이
는 메마른 욕망의 언덕으로부터 왔다

가녀린 잠의 가랑잎 이불을 걷어내고 밤은 모닥불처럼
타오른다

바람이 불어와 창문이 말발굽 소리를 내며 옛날의 저편

으로 달려갈 때

　아직 이곳으로 오지 않은 그대들을 나는 여전히 모른다

　딱딱하고 차가운 욕망의 거리를 지나며 나는 옛날의 저
편에서 언뜻 지나갔던 격정의 사랑에 대하여 생각한다

　거대한 침묵의 노래에 대하여 생각한다

　아르덴 숲의 오래된 적들에 대하여 생각한다

　누가 아직도 울고 있는가, 옛날의 저편에서

숲에 이르기 직전의 밤

우리를 둘러싼 나무와 숲들은 서서히 어두워가고
어둠에 안긴 우리는 내면으로 조금씩 망명해갔네
멀리 두고 온 그리움은 여전히 멀리서 불빛처럼 반짝이
고 있었지만
생각해보면 그리움은 이미 우리와 한몸이 된 듯
각자의 내면에서 또 제멋대로 고요히 타오르고 있었네

밤이 깊어갈수록 숲에서는 바람이 불어와
쓸쓸함이 또 다른 쓸쓸함을 데불고 다른 숲으로 건너
갈 때
몇 마리 새들도 바람과 함께 망명하고 있었네
시인은 술을 마시다 문득 생각난 듯
세상의 불의와 자신의 불우를 툭툭 토해냈고
그걸 듣는 또 다른 시인은 하염없이 술을 마셨네

생은 무엇인가
오랑캐 빛깔의 밤은 또 무엇인가
우리는 각자의 상념에 잠겨 밤 속으로 더 깊어져갔지만
아무리 생각해봐도 삶에 정해진 답 같은 건 없었네

밤은 깊고 바람은 불고 술통은 비어가는데
어디에도 해답은 없었네
그것만이 우리가 아는 유일한 답이었네
밤하늘의 구름들은 별빛 사이로 흘러가는데

삶은 스스로 꿈꾸는 한 편의 시

삶의 아름다움은 스스로 걸어가
이룩하는 하나의 풍경

우리는 밤새 술을 마시지만 취하지 않고
우리는 밤새 담배를 피우지만
담배 연기에 물들지 않았네
달무리 아래 오랑캐 빛깔로 익어가는 혁명 전야의 밤
혁명이란 무엇이고 오랑캐란 누구인가?
우리는 여전히 잘 모르지만
그대여, 이제는 본질적인 것을 꿈꾸어야 하리
우리는 계속 혁명을 향해 나아가고
혁명은 여전히 우리의 뒤를 따르리니

지금은 숲에 이르기 직전의 밤

은하수를 여행하는 히치하이커를 위한 안내서 II

더글라스 애덤스는 수고 많았어요

등장인물 소개까지 1,235쪽으로 출간된, 『은하수를 여행하는 히치하이커를 위한 안내서』를 26쪽까지 읽고 갤럭시 한 켠으로 밀어둔다

언젠가 내가 은하수를 여행할 때 안내서가 필요하면 다시 들춰 보겠지

한쪽으로 온 겨울에는 눈이 많이 쌓였고
다른 한쪽으로 온 겨울에는 따뜻한 볕이 많이 쌓였다

불어오는 바람 속에서
나는 누군가의 완벽한 적멸을 본다

허공에 적멸보궁을 이룬 저 아름다운 영혼은 누구의 것인가

누군가는 온 마음으로 이 겨울밤을 견디고

누군가는 온몸으로 이 겨울밤을 밀고 나가고
누군가는 은하수의 한 켠에서 이 모든 것을 기록하고
있는

완벽한 적멸의 겨울밤이다

진짜로 일어날지도 몰라 혁명!

꿈꾸니까 일어나는 게 혁명, 그러니까 진짜로 일어날지도 몰라 혁명!

나는 내가 올해 스물여덟 살이라고 생각한다, 그러니까 나는 그렇다고 생각한다

종이는 아주 옛날 누군가 만들었을 것이다, 그러니까 나는 또한 그렇다고 생각한다

케루악이 이어 붙인 두루마리 타자지 위에만 길이 있는 건 아니다, 그러니까 대륙을 횡단하는 생들은 언제나 걸어가면서 풍경을 완성했다

완성된 풍경만이 풍경이다, 그러니까 나는 완성된 풍경이 풍경이라고 생각한다

그런데 완성은 뭘까? 그러니까 완성이란 유일무이한 하나의 城을 이루는 것

잭 케루악, 윌리엄 버로스, 앨런 긴스버그가 별빛 총총
한 길을 걸어갔을 것이다, 그러니까 찰스 부코스키도 낡
은 우편낭을 내려놓고 담배를 피우며 그 길을 따라갔을
것이다

아직도 길 위에는 담배 연기가 자욱하다, 그러니까 글
은 마약보다도 더 강력하고 지속적이다

꿈꾸니까 일어나는 게 혁명, 그러니까 진짜로 일어날지
도 몰라 혁명!

담배는 음악, 그러니까 음악의 기본 성분이 담배라는
얘기

담배를 피우는 자들은 모두 작곡가, 그러니까 담배를
끊은 그대들은 그대들의 세계로 꺼져버리라는 얘기

어떤 축구 감독에 관한 다큐멘터리를 본다, 그러니까
축구는 생을 좀 더 아름답게 구축하라는 것

시적인 축구, 예술적인 축구, 그러니까 항상 시인은 시
인 그 이상이다

꿈꾸니까 일어나는 게 혁명, 그러니까 진짜로 일어날지
도 몰라 혁명!

온라인 백과사전 위키피디아 서비스를 왜 여러 국가의
정부는 두려워하는가, 그러니까 그런 정부를 타도하라

평행 이론은 그냥 이론으로 그칠 가능성이 크다, 많은
사람들이 그 실체를 알고 싶어 하지 않기 때문이다, 그러
니까 그런 인간들에서 이탈하라

여름 내내 서울에는 거의 눈이 내리지 않는다, 자본주의
적으로 최적화된 공간, 그러니까 그게 서울의 한계다

그러니까 분노하라, 길 위에서!

그러니까 점령하라, 눈 위에서!

그러니까 사랑하라, 이 지상에서!

이절에서의 눈송이 낚시

간밤에 누군가 우는 소리를 들었다

바람이 지나가는 소리였을까

그 소리는 슬픔도 기쁨도 아닌 어떤 감정에 휩싸여 있는 것 같았다

그 감정의 소리가, 흐느낌의 무한이 나를 깨웠던 걸까

밤새 잠들지 못하는 내 영혼이 그 흐느낌 곁을 서성거리고 있었다

그것은 한없이 투명에 가까운 쓸쓸함

열어놓은 창문을 통해 바람이 불어왔다

창가의 화분에서 철 지난 몇 개의 나뭇잎들이 떨어졌다

떨어진 슬픔들은 내 작은 탁자로도 밀려왔다

나는 몇 개의 슬픔과 흐느낌을 주워 책갈피 사이에 넣어두었다

간밤에 누군가 우는 소리를 들었다

그것은 고요하고 작은 흐느낌 같은 것

한없이 투명에 가까운 맑은 쓸쓸함 같은 것

귀 기울이면 누군가의 깊고 어두운 내면에서 들려오던 것

그 소리들을 데리고, 아름다운 흐느낌을 데불고 나는 이제 가야겠다

깊은 밤에도 잠들지 않는, 맑고 쓸쓸한 한 마리 아름다운 소리를 데불고 이제 나는 숲으로 가야겠다

길이 끝나는 곳에서 숲은 시작되리니

숲에 떨어진 몇 개의 나뭇잎처럼 바람이 불면 무심하게
뒤척이며 맑고 가볍게 살아야겠다

아침이 오면 펄럭이며 쏟아지는 햇살 속에서 그대 숨결
은 여전히 하염없으리니

그 하염없음에 기대어 통통통 눈물이나 말리며

오래 묵은 생의 빨래들이나 눈부시게 말리며

가난하고 아름다운 사냥꾼의 딸
— 리산

봄날의 햇살은 화목난로의 불꽃처럼 조금씩 피어올랐다

햇살이 다 오지 않아 여전히 어두웠던 아침, 을 지나 어
느새 한 무리의 햇살은 삼월의 마당으로 쏟아진다

오월에나 산행을 떠나던 오랑캐들은 삼월의 이른 아침
멧돼지 사냥을 떠났다

오늘은 탐욕의 멧돼지를 두어 마리 때려눕혀야 할 텐데
햇살은 오랑캐의 어깨 너머로 찬란하게 쏟아진다

화목난로에 물이 끓는 동안 사랑은 다녀갔다
간밤에 휘날리던 눈발은 열렬한 나의 사랑이었다

아직 식지 않은 한 잔의 차를 마시며 간밤의 사랑에 대
하여 생각한다
간밤의 사랑이 나에겐 여전히 식지 않는 혁명이었다

혁명은 그렇게 오고 가며 눈송이 낚시를 하는 것이었다

빛의 음악
— Aygün Bəylər

자전거를 타고 장에 갔다 돌아오는 길에 황혼을 보았습니다

길 한 모퉁이에 자전거를 세워두고 오래도록 멀리 있는 동무 생각을 했습니다

옆에 동무가 있었다면 막걸리를 나눠 마시며 그렇게 노을처럼 붉어갔을 겁니다

오늘은 자전거에 정선 곤드레 막걸리와 메밀꽃주 몇 통을 싣고 집으로 돌아옵니다

노을이 지면 또 어두운 산골짜기 외딴 민가에선 호롱불 돋아나고 저녁밥 짓는 연기 피어오를 겁니다

오늘은 쓸쓸함을 대신해 소박하고 찬란한 별들이 돋아날 겁니다

저 별들이 보내오는 빛 속에서 동무가 보내온 편지를

읽습니다

쓸쓸함이란 혼자 있는 고독이 아니라
창문을 통해 들어오는 저 찬란한 빛의 서신을
낭랑한 목소리로 읽어줄 동무가
단지 멀리 있다는 것

밝고 환하게 출렁이는 빛의 음악을 창가에 놓아둔 라일
락 가지들이 연주하고 있는 밤입니다

누군가의 고독을 완성하기 위해 이렇게 밤은 왔습니다

누군가는 창밖을 바라보며 별의 항구 쪽으로 걸어가고
누군가는 창문을 닫고 하염없이 내면으로 걸어가고
누군가는 한 잔의 술을 마시며 고독을 완성해가는

밤보다 깊은 밤입니다

이지당 툇마루에 앉아 아직 오지 않은 옛날을 생각함

이지당 툇마루에 햇살이 쳐들어와 누군가는 한낮의 짧은 꿈을 꾸었노라

그것은 이절에서의 눈송이 낚시만큼이나 부질없고 무용하여 아름다운 것

높고 아름답고 쓸쓸한, 한없이 투명에 가까운 한낮의 햇살이 쏟아져 이룩한 짧은 꿈이었노라

이지당 툇마루에 앉아 흘러가는 계곡물이며 옥천 들판을 바라보면 세상은 여일했노라

준엄한 사초와 두고 온 풍문만이 가끔 돌개바람에 밀려왔으나

햇살도 바람을 잠재우는 춘삼월 호시절에는 사초도 풍문도 다 잊은 채, 여전히 먼 곳에 대한 그리움만 작렬했노라

이지당 툇마루에 햇살이 몰려드는 오후면 몸은 조금씩

햇빛 쪽으로 나아갔지만 마음은 여전히 쑥스러워 그늘에 머물렀노라

　이지당 툇마루에 앉아 옥천 들판 잘 자란 보릿대며 쑥부쟁이를 바라볼 때

　새들은 햇살을 마중 나와 있었으나 마음은 이미 햇살과 그늘에 몸을 섞어 쑥부쟁이 밑동까지는 가지 못했노라

　이지당 툇마루에 모아둔 춘삼월 햇살 한 줌을, 아직은 서늘한 호주머니에 넣고 다시 일어서노니

　손끝에서 전해오는 따스한 기운은 심장까지 가 닿는구나

　오랑캐는 추운 세상을 떠돌아야 여전히 씩씩한 오랑캐일 테니

　따스해진 심장을 옥천의 들마령에 살풋이 놓아두고 누군가는 여전히 햇살과 바람의 세상 속으로 떠나가노니

바람의 처음과 끝에서 만나는 세상은 어디를 가도 여일
했노라

몹쓸 그리움처럼 여일했노라

* 이지당 ─ 옥천군 군북면 이백리에 있는 조선시대 건축물

기분전환용 가정기도서
— B. 브레히트 풍으로

날이 흐리고 기분이 좋지 않을 때는 창문을 닫아라

세상을 끄고, 음악이 흘러나오는 라디오를 틀어라

그대의 내면에서 들려오는 목소리가 가끔은 라디오에
서도 흘러나온다

여전히 날이 흐리고 기분이 좋지 않을 때는 작은 플라
스틱 욕조에 몸을 담그고 담배라도 한 대 피워라

아, 그걸 생각하지 못했다

그대는 오전 열한 시의 일터에서 욕조에 들어갈 수도
없고, 아예 담배를 끊었거나 아니면 아직 담배를 끊지 못
한 우유부단한 성품의 소유자일지도 모른다는 가정을

그리고 오전 열한 시의 일터에서는 담배를 맘대로 필
수 없다는 상황을

뭐, 그렇더라도 내면의 욕조에 들어 앉아 있다고 생각
하라

욕조에 앉아, 세상을 향한 욕지거리와 조롱을 맘껏 내
뱉어라

그러다 보면 어느새 욕조의 물은 식고 더러워질 것이다

배가 고파질 것이다, 그러면 추리닝 하나 걸쳐 입고 저
기 전라도 황등 정도에 가서 홍어탕 하나를 맛있게 잡수
시라

인민의 저의가 누락된 곳에
인민의 사랑은 없다

온갖 잉여 인간들이 무수한 잉여와 무력을 생산하는
잉여 인민 무력 공화국에서 더 이상 세상을 향한 사랑
같은 건 없다

오전 열한 시의 일터와 욕조와 담배 연기는 조만간 저
허공으로 흩어져 사라질 것이다

인민의 사랑이 결여된 곳에 더 이상의 시는 없다

간혹 이곳에도 바람이 분다

그것이 슬픈 그대를 위한 유일한 기분전환용 가정기도
서일 뿐이다

티베트의 푸른 양

티베트의 푸른 양을 찾아
옛날에 나는 떠났네

티베트는 멀고, 옛날도 여전히 멀어
나는 나의 떠남을 궁금해하며 길을 나섰네

말안장 위에 등불을 밝혔으니
말안장 위에 올라타
먼 길을 떠날 수는 없었네

말안장 위에 밝혀놓은 등불이 바람에 흔들릴 때마다
흔들리는 기억들을 흔들리며 기록했을 뿐

그 짧은 기억의 외투를 펄럭이며
실제로 말을 타고 석 달 열흘을 달려갈 수는 없었네

티베트는 어디에 있는가
옛날은 또 어디에 있는가
그 옛날 티베트의 푸른 양은 어디에 있는가

자문자답하며 다다른 어느 푸른 저녁

낡은 노트의 저녁 한 켠에 적힌
짧은 여행의 기록이 나에게 말하네

무엇이 존재하고 무엇이 부재하는가?

푸른 양은 존재하지 않아서 아름다운 양

푸른 양의 별빛 아래서 밤은 천막처럼 펄럭이는데
어둠은 내려와 모든 국경을 지워버리는데
옛날은 말발굽 소리를 내며 조금씩 내게로 다가오는데

여기는 별들의 고향, 마음이 당도하는 곳
티베트의 푸른 양이 사는 곳

세상의 모든 슬픔

어디를 가도 슬픔은 명멸하였다
슬픔이 바싹 말라 가랑잎처럼 불타오를 때가 나는 좋았다
아무리 세상을 떠돌아보아도, 조국이며 인민이며 국경
은 모두 내 안에 있었다
그럴 때면 추운 밤하늘을 보며 한 떨기 초저녁별처럼
몸을 떨었다

들판에 흩어진 콩깍지들 사이 흩어진 콩을 함께 주울
사람도 없는 지상에서 사랑은 인류에 대한 연민처럼 몇
송이 눈발로 나부낀다
바람에 나부껴 다 헤진 깃발을 두고 온 곳이 나의 조국
이었고 인민이었고 철지난 사랑이었다

페이소스도 파토스도 없이 몇 개의 눈송이와 더불어 한
밤의 길을 간다
내가 가는 곳에 돋아날 지도와 새로운 행성을 나는 알
지 못 한다
다만 졸린 눈을 비비며 주머니 속의 고독과 더불어 그
곳에 가까스로 당도할 뿐이다

파리에 사는 동생 알렉시스 베르노가 보내온 편지를 읽는다
그곳이 정선이고 이절이고 만종이고 원주다

원주에 사는 김도연이 보낸 패엽경을 읽는다
그곳이 부에노스아이레스고 파리고 네팔이다

진위에 사는 우대식이 보내준 시집을 읽는다
그곳이 함흥이고 세상의 모든 설산이며 슬픔이다

세상의 어디를 가도 슬픔은 명멸하였다
나는 세상의 모든 곳을 떠돌았으나 나에게로 도착하여 가장 슬프다

그러나 나의 슬픔이 지상에 작은 눈송이 몇 개 흩날리게 하리라는 걸 안다

작은 눈송이 몇 개 휘날려 삭막한 겨울날 지상의 인민

들을 위로하리라는 것을 안다

  그리고 눈송이들 흩어져 지상에 닿을 때쯤이면 그것이
몇 점의 불꽃으로 바뀌는 밤이 있다는 것을 안다

그녀 곁에 슬프게 앉아 있을 때

작은 시냇물이 졸졸 흘러가는 곳에 생강나무는 노오랗
게 꽃을 피워 올리고 있었다

꽃잎 떨어진 자리, 맑은 시냇물 가에 외로운 어린 짐승
처럼 생강나무는 여린 이파리들을 헛바닥처럼 삐죽 내어
밀고 있었다

누군가 시냇물에 얼굴을 비추고는 낯을 씻고 손을 씻으
며 울고 있었다

맑은 시냇물 속엔 작고 차가운 돌멩이 하나

나는 자꾸만 그 돌멩이에게 아름다운 이름을 붙여주고
싶었다

그러니 눈발이여,
지금 이 거리로 착륙해오는
차갑고도 뜨거운 불멸의 반가사유여

리절 오랑캐략사

아름다운 석양이 밤의 대초원으로 외로운 술꾼들과 함께 어깨동무하고 가는 감정의 무한 공화국

나귀와 자전거를 타면 전국을 일주할 수 있고 온 나라를 달처럼 휘감는 강이 있어 어른 아이 할 것 없이 시원하게 여름을 보낼 수 있는 곳

대추와 감이 익어갈 무렵 초등학교 운동장에선 전국 체전으로 가을 운동회가 열리는 나라

가을 운동회에 모인 선수와 관중을 모두 합쳐도 서른 명이 넘지 않는 나라

겨울엔 떨어지는 눈송이를 읽으며 눈송이와 밤새 대화할 수 있는 나라

창밖을 바라보면 언제나 눈송이 낚시가 가능한 나라

겨울이 너무 좋아 봄이 오길 굳이 기다리지 않아도 되

는 나라

　담가둔 술이 익으면 날마다 축제가 열리는 나라

　숲으로 이어진 작은 오솔길을 따라가면 겨우 나타나는
나라

　오, 꿈의 나라 그래서 아름다울 수밖에 없는

나의 청춘 마리안느

밤은 낮이 숨겨둔 골목

그 골목의 끝에 나의 청춘 마리안느는 있다

별빛 총총한 밤하늘을 나는 다 가지고 싶었다

투쟁의 의미

뜨거운 열정을 품은 채 눈이 내리고 있었다

눈은 지상에 당도하기도 전에 차갑게 식어버렸다

겨울밤 천구의天球儀의 산양자리를 통해 내려다본 태평
양은 꽁꽁 얼어 있었다

담배를 피웠다, 그것이 삶에 대한 투쟁의 의미를 일깨워
주었다

혁명의 모든 기록

그날 밤 선술집 밖으로는 밤새 눈이 내렸다

그날 밤 선술집 안에서는 무슨 일이 있었나

그날 밤 선술집 밖으로는 밤새 눈이 내렸다

어선 초크

어선 초크는 어두컴컴한 하늘을 모자처럼 쓰고 있었다
어선 초크는 우중충한 빛깔의 건물을 외투처럼 두르고
있었다
붉은색의 천들이 난분분 휘날리던 어선 초크에서
나는 왜 눈 내리던 월정사 앞 허름한 식당에서의
그대 모습을 떠올렸을까
그해의 눈발이 거의 하루 동안 다 내리던 그날
우리는 월정사 앞 낡은 식당에서
화목난로를 꿰차고 앉아 세월아 네월아
쏟아지는 창밖의 눈발을 안주 삼아 술을 마셨지
눈발에 덮인 길가의 전나무들은
바람이 불 때마다 부르르 온몸을 떨고
항구에 닿지 못한 차들은 미끄러운 길을 따라
소리도 없이 침묵의 골짜기로 사라지곤 했지
기억의 겨울에서는 언제나 따스한 눈발 펑펑 휘날리는데
나는 카트만두의 시장 어선 초크에서
붉은 목도리를 하나 샀다
12월의 카트만두엔 눈발 한 점 내리지 않는데
여행자 거리를 지나온

낯선 바람의 말들만 귓가를 울리는데
내 기억의 목덜미로는 언제나
그대 따스한 숨결 같은 눈발 펑펑 날린다
검은 바다의 어선이 등불을 달고 항구로 돌아오듯
나는 붉은 목도리를 깃발처럼 펄럭이며 어선 초크에서
기억의 배 한 척을 밀어
그대라는 항구 쪽으로, 필사적으로
가고 있다

마음아, 너는 어디에

보리새우를 넣은 뜨끈하고 맑은 탕에 소주 한잔 걸치고
아름다운 그대 눈동자 오래 바라볼 수 있다면
내 마음은 광개토대왕보다 넓어지겠네

이절에서의 눈송이 낚시

심리적 오독과 주관적 발췌독의 차이, 딕션과 풍자의
차이, 밥 딜런과 딜런 토마스의 차이, 유물론과 유심론의
차이, 칼 마르크스와 프리드리히 엥겔스의 차이, 생강과
생강의 차이, 시니피앙과 시니피에의 차이

치바이스齊白石, 1864~1957를 잘 모르는 나는 그의 말을
이렇게 바꿔본다

'시를 씀에 있어서 자신의 마음과 같음과 같지 않음의
사이에 있는 것이 묘하다, 너무 같으면 세상에 아첨하는
것이 되고, 같지 않으면 시를 속이는 것이다'

모든 글이 위악이든 위선이든 우리가 세계라고 믿는 이
곳은 어쩌면 글로 쓰여진 한 장의 종이에 지나지 않을지도

글은 어쩌면 존재의 참을 수 없는 패악질일 수도, 설령
그것이 패악질이라도 쓰인 글 위에만 존재하는 세계여

이 세상의 많은 질문들은 결국 타인을 거쳐 자신에게로

돌아오는 것

인식의 옳고 그름을 떠나 사유와 실천의 문제를 떠나
심리적 오독과 주관적 발췌독은 자아의 반영일 뿐

하늘 아래 새로운 것도 절대적인 것도 없으리니 누군가
의 생이 끝나도 누군가의 생은 끝내 알 수 없으리

우리(나)는 그저 그렇게 살다가 그저 그렇게 죽으리라

태어나지도 않은 자가 무책임하게 삶에 대하여 말하노
니 무책임의 무궁함으로 나(우리)는 끝내 자유롭다

그리고 미셸 우엘르베끄는 이렇게 말한다

그것은 반으로 쪼개지는 작고 하얀 타원형 알약이다

그것은 무엇인가를 창조해내지도 변화시키지도 않는다

다만 해석을 가할 뿐이다

결정적이었던 것을 한시적인 것으로 만들고, 필연적이었던 것을 우연한 것으로 만든다

그것은 생을 새롭게 해석할 수 있게 해준다

덜 다채롭고, 보다 인위적이며, 어떤 경직성으로 점철된 방식으로. 어떤 형태의 행복감도 주지 않고, 실질적인 안도감조차 보장하지 않는다

그것의 기능은 다른 차원의 문제다

바로 삶을 의례적으로 행해야 하는 일들의 연속으로 변형시켜 변화를 유도해내는 것

그것은 처음엔 인간이 살아갈 수 있도록, 적어도 죽지 않게 해준다

일정 기간 동안은 말이다

그럼에도 죽음은 끝내 대두되고야 만다

분자 결합에 균열이 생기며 다시 해리 과정이 일어난다

해리 과정은 아마 세상에 한 번도 속한 적이 없던 이들, 요컨대 삶은 닿을 수 없는 곳에 있다는 걸 늘 느껴온 이들에게 더 빠를 것이다

그런 이들은 다수이고, 흔히 말하듯, 후회할 것이 아무것도 없다

하지만 내 경우는 그렇지 않다

사실 신은 우리를 굽어살피고 있다

신은 매 순간 우리를 생각하고, 더러 우리에게 매우 구체적인 방향을 제시한다

우리의 생물학적 특성과 한낱 영장류인 처지를 고려해 본다면 설명이 되지 않는 저 계시, 저 황홀경

우리의 가슴속에 숨이 막히도록 흘러드는 저 사랑의 격정들이 바로 극도로 자명한 신호들이다

이제 나는 그리스도의 입장을, 딱딱하게 굳은 심장들 앞에서 표출하던 그 반복된 노여움을 이해한다

저들은 모든 신호를 받고도 깨닫지 못하고 있다

나는 정말로 저 미욱한 자들을 위해 다시 한번 내 목숨을 내주어야 하는 것일까?

정말 그렇게까지 구체적이어야 하는가?

답은 그렇다, 일 것이다(1)

(1) 미셸 우엘르베끄 『세로토닌』의 마지막 구절이다

누군가는 끊임없이 밤을 안고 태어난다(2)

(2) 윌리엄 블레이크의 시구이다, 밤이다

안녕, 아름다운 눈물의 인민들

지난봄의 나뭇가지는 땔감으로도 부족하였습니다

땔감을 대신하여 담배 몇 보루를 쌓아두었으나 수시로
피워 올리는 담배 연기로도 팔뚝의 핏방울은 멈추지 아니
하였습니다

마당 한 모퉁이에 날아온 제비꽃 서너 마리, 패잔병처럼
지난봄의 전황을 전합니다

지지배배 지지지배

무엇이 무엇을 지배하는지 몰라도 아름다운 지지배배
는 한낱 한낮의 울음과 노래 속에 있었습니다

그러나 그 한낱 속에서 어떤 아름다움은 한낮을 꿈꾸며
조금씩 자라납니다

봄은 담배 한대 피워 물면 왔다 사라지는 오래된 건망
증 같은 것이었으나

그 짧고 오래된 건망증의 봄날에 수시로 담뱃불 봉화를 피워 올리며 오래돼 낡은 봄을 복구합니다

휘청거리는 제비꽃의 허리를 힘껏 껴안고 팔뚝에 흐르는 싱싱한 핏방울로 시를 쓰며 한낱 꿈일지라도 멈추지 않는 한낮의 꿈을 꿉니다

아름다운 한 나라를 세웁니다, 우리의 제비꽃 공화국을

담배 한 대 피우는 동안 봄은 한 줄기 담배 연기처럼 피어나 허공의 구름을 향해 흩어집니다

의자에 앉아 흘러가는 구름을 바라봅니다

한 세기가 지나가는 것은 구름 하나가 지나가는 것(1)
(1) 르 클레지오 「운주사, 가을비Unjusa, Pluie D' Automne」에 나오는 구절입니다

구름 하나가 흘러갑니다, 천 년이 지나갑니다

안녕, 아름다운 눈물의 인민들

에밀 쿠스트리차

소소하고 렬렬히 햇살이 오고
소소하고 렬렬히 바람이 불고
소소하고 렬렬히 비가 내리고
소소하고 렬렬히 이파리들은 돋아나고
소소하고 렬렬히 꽃들은 피었다 지지
소소하고 렬렬히 술꾼들은 술을 마시고
소소하고 렬렬히 술에 취할 때마다
소소하고 렬렬히 그는 꿈을 꾸지

에밀 쿠스트리차

오월은 슬픔이 시를 쓰는 달

오월은 슬픔이 시를 쓰는 달

그래서 아무도 시를 읽지 않는 달

월세 내듯 꼬박꼬박 누군가 슬픔에 겨워 시를 쓰는 달

월세 받아먹듯 누군가 뒷주머니에 시를 구겨 넣고 읽지
않는 달

오월은 지난해 담가둔 오디주가 익어 저절로 시를 쓰는 달

오디주에 만취한 시인이 자동기술로 인민의 눈물을 시
로 읊는 달

그래서 자본주의의 개떼들이 취중진시를 물고 달아나
는 달

오월은 무력한 인민들의 눈물이 소리도 없이 피어올라
허공에 뭉게구름으로 흐르는 달

뭉개버리고 싶은 세상 위로 한가득 뭉게구름 흘러가는 달

오월은 뭉게구름이 무력 투쟁을 조직하는 달

얼빠진 자본주의 시장 경제를 단 한 번의 폭우로 쓸어
버리는 달

오월은 슬픔이 또 다른 슬픔을 선동하여 세상을 뒤엎어
버리는 달

슬픔이 아닌 것들에게 세상의 슬픔을 제대로 보여주는 달

아침이면 초록으로 돋아나는 작은 숲을 방패로 삼고
세상을 향해 반짝이는 햇살의 화살을 당기는 달

슬픔이 슬픔의 아름다움으로 슬프게 승리하는 달

오월은 오랜 슬픔이 끝까지 남아 도청을 사수하는 달

여름으로 가는 문

매발톱 옆에 붉은 꽃 한 송이

매는 발톱을 버리고 어디로 날아갔나
저 선연한 한 점 핏방울은 누구의 꿈인가

그대는 허공으로 떠나고
누군가는 지상에 남아

눈을 들어 먼 들판 바라보면
허공을 떠도는 돛단배들이여

아홉 개의 구름이 지나간다

열 번째 구름은 아무도 모르는 슬픔
바람에 펄럭이는 나뭇잎
열한 번째 페이지

여름으로 가는 문은 어디에 있는가

우리는 이미 충분히

우리는 이미 충분히 뜨거웠고
우리는 이미 충분히 흩어졌으니
우리는 이미 충분히 증발했고
우리는 이미 충분히 돌아왔으니

이미 충분히 있던 생이여
이미 충분히 사라진 생이여
이미 충분히 아름답고
이미 충분히 슬펐던 생이여

이미 충분히 생은 다른 곳에 있으리니
이미 충분히 생은 어디선가 돋아나고 있으려니

이미 충분히 시는 일종의 시적 파업 상태에 있었고
이미 충분히 쓰인 것은 쓰이기 이전을 지향하나니

이미 충분히 침묵이 이루는 노래는 아름답고
이미 충분히 고독의 대평원은 밤의 끝으로 뻗어 있나니

이미 충분히 쉽게 쓰여진 허구한 날의 밤이여
이미 충분히 아무도 읽지 않을 밤이여
오, 불면의 불멸의 밤이여

싸락눈

지금 내리는 눈은 언제나 첫눈

지금 바라보는 그대는 언제나 첫사랑

그대를 향한 나의 마음은 언제나 꿈틀거리는 한 마리
갸륵한 연민이었나니

다만 첫사랑도 마지막 사랑도 끝내 여기에 남을 것

단발머리를, 긴 생머리를 휘날리며 떠나간 세상의 모든
연인을 위해 밤새 눈발은 휘날리고

누군가 밤새 아궁이에 불을 지피며 옛날을 추억하노니

옛날은 아직 오지 않은 날들

사랑은 옛날을 향해 조금씩 걸어가는 시간

신의 가호 같은 건 가가호호 굴뚝에서 피어오르는 저녁

연기 속에나 있을 것

낡고 오래된 고무 털신에 싸락눈은 쌓이느니

그래도는 사랑은
밤새 허공을 맴돌다
싸락싸락 고무털신에 쌓이느니

마음으로 안녕

정들었던 텅 빈 거리들아, 집들아, 친구들아, 안녕
언제나 따스한 몸을 내주었던 빵들아, 커피들아, 담배
들아, 안녕

사랑은 떠나온 자의 기억에 남은 최대의 연민
광대한 우주를 떠도는 누군가의 눈빛

세상의 모든 음악은 고백으로부터 시작되는 것
고백의 말이 처음부터 나에게는 없었다

그러니 정들었던 저녁들아, 등불들아, 창문들아, 안녕
언제나 따스한 말들을 전해주던 그대들도, 안녕

마음으로 안녕

파리 북역에서 보낸 7시간 28분 4초

1인칭 주인공 시점

파리 북역에서
빗소리 들으며 홀로 술을 마시네
세상은 빗소리에 갇혀 저 홀로 울고 있는 듯
그리워할 그 무엇이 아직도 남았는지
담배 연기 빗방울에 부딪치며 허공을 떠도네

시점 전환, 빗방울의 입장에서

허공으로부터 내리며 바라보느니
누군가 홀로 술을 마시고 있네
그는 침묵에 갇혀 저 홀로 울고 있는 듯
적셔야 할 그 무엇이 아직도 남았는지
파리 북역 밤하늘이
눈물에 젖은 담배 연기로 가득하네

작가 관찰자 시점

누군가의 짧은 생

파리 북역에서 보낸 7시간 28분 4초

그대들은 부디 아름다운 시절에 살기를

눈 속을 여행하는 오랑캐의 말

1 가난하고 아름다운 사냥꾼의 딸

2 꽃 피는 봄이 오면

3 자작나무 우체국

4 레아 세이두

5 장만옥

6 톰 웨이츠

7 김광석

8 빅토르 최

9 칼 마르크스

10 체 게바라

11 아무르

12 아르디 백작

13 짐 자무시

14 짐 모리슨

15 상처 입은 용

16 닉 케이브

닉 케이브의 〈As I sat sadly by her side〉를 듣는 밤

자작나무의 이름을 부를 때마다 너는 말발굽 소리를 내
며 한 마리 촛불처럼 타오른다

눈이라도 펑펑 내리는 날엔
혼전만전 헛간에 쌓아둔 술동이가
밤새 동이났다

추운 새벽 거리를 번번이
번, 번, 번, 버닝 외치며 달려가는
슬프고도 아름다운 가객 새드앙이 있다

초저녁별이 빛날 때마다
손에는 담배를 탁자에는 찻잔을
그 외 나머지는 모두 우리의 내면에 있다고
누군가는 말하지만
더럽혀지지 않은 세상의 모든 말은
끝내 관산융마로 남을 것

밤새도록 눈은 내렸다

쌓였다
흩어지며 다시 날아오른다

눈 속에 파묻힌 시를 누가 읽으랴
그냥 쓸쓸한 오랑캐의 말이겠거니 생각하라

첫시

이절에 작은 오두막을 짓고 임시정부를 출범하기로 했지
이절 자작나무공화국 건설을 위한 첫걸음이지

이절에서의 눈송이 낚시를 위해서는 이절이 필요하겠지
이절, 삶의 다른 계절, 이절夷節, 오랑캐의 계절

눈송이와 낚시도 필요하겠지

그러나 무엇보다도 필요한 건 시의 완전한 독립을 위한
우리의 렬렬한 사랑

오랑캐략사 리절 외전에서 누군가 사랑에 대하여 말했
었나?

사랑은 뭘까
허공에 흩어지는 눈보라 같은 것

삼랑과 오랑 사이에서 오래도록 헤매다
순한 짐승의 눈빛이 되어 그대 심장 속으로 스며드는 것

자작나무로 만든 작은 배 위에 이절 임시정부를 앉히고
고요히 출항하네

　여기는 촛불마저 말발굽 소리를 내는 곳
　밤새도록 눈이 내려 저 스스로 시를 쓰는 곳

　시는 모든 혁명의 전위부대
　그러니까 시인은 혁명의 총사령관

　세상에 내리는 눈은 언제나 첫눈
　그러니까 세상에서 쓰는 시는 언제나 첫시

기타 담배로 만든 시
— 제영에게

간밤의 비에 앞마당 풀들이 자라 아침나절 김매기 하다 보니 우체부 아저씨 반갑게 인사하며 작은 소포 하나 건넨다

내용품명을 보니 기타 담배라 적혀 있고 보낸 분은

강원도 춘천시 춘천로 257 2층 달아실출판사

아, 제영이가 보낸 거로구나

순간, 옛날 문인들이 모여들던 서울 명동거리의 다방 같았던, 밤이면 달맞이꽃 피어나는 다락방 같았던 제영의 문장수선소가 떠올랐던 게야

그런데 도대체 기타 담배는 뭘까

기타로 만든 담배일까, 담배로 만든 기타일까

나는 마냥 궁금해하며 여전히 소포를 뜯지 않는다

끝내 뜯어보지 않을 거야, 내가 기타도 담배도 음악도 없는 절망에 다다르기 전까진 절대 뜯어보지 않을 거야

저 소포 속에 무엇이 들어 있는지 이미 나는 알고 있지

그곳엔 비바람 몰아치던 무수한 날들의 사랑과 번민과 연기처럼 날아간 푸른 욕망들

기타 담배로 만들어진 시

이 세상에 단 하나밖에 없는 불꽃의 시

봄내 봄 생각
— 달아실 창가에서

봄내에서는 봄 내음새가 났다
사월의 바람은 여전히 차가웠지만
나는 천년 전으로 걸어가면서
봄내의 봄처녀를 생각하였다
바람 속에 묻어오는 그녀의
아득한 살내음새를 생각하였다

위도와 경도 사이에서

날씨 위성 지도를 보다가
위도와 경도 사이에서 나의 위치를 가늠해본다

춘천

서울

횡성

정선

괴산

나의 친구들은 서쪽에 많이 있고
가도 가도 서쪽인 당신이다

달마가 동쪽으로 간 까닭은
누구를 보기 위해서였나?

그래서였을까?

남들 다 짓는다는 남향집을 마다하고
나도 모르게 서향집을 지은 것은

저물녘이면 하염없이
서쪽을 바라보는 까닭은

* 가도 가도 서쪽인 당신 — 이홍섭
* 달마가 동쪽으로 간 까닭은 — 배용균

유월은 폐허의 달

유월에는 유동리 버드실에 가야지
버드나무 가지 축축 늘어진 물가 그늘에 앉아
동무의 눈빛을 바라보며 술을 마실 거야

유월에도 누군가는 태어나고 누군가는 죽고
전쟁은 일어나고 폐허 속에서도 사랑을 하고
꿈을 꾸고 결혼식과 장례식이 치러지는구나

폐허에는 꿈꾸는 버드나무가 있어야지
그러니 폐허의 달 유월에는 버드실에 가서
잃어버렸던, 잊어버렸던 꿈을 꾸어야지

엉성한 밤하늘의 망태기에도
빠져나가지 않는 굵은 별들이 한가득 돋아나리니
유월이 가기 전에 유동리 버드실에 가야지

버드실에 가면 누군가는 버드와이저를 마시고
또 누군가는 사십오도 고량주를 마시고
버드실의 새들처럼 실실 웃으려나?

그러거나 말거나
버드실엔 여전히 바람이 불고
강물이 흘러가리니

술 깬 후의 사랑이여,
그걸 한밤의 꿈이라 하지 말자
한때의 사랑이라 하지 말자

우리는 유동리 버드실에서
여전히 꿈을 꾸나니
호접지몽 같은 건 없어라

아 아방가르드여,
우리는 온몸으로 꿈인
온몸으로 꿈을 밀고 나가는
꿈의 최전선

고독의 제1선

　백운산 칠족령 능선 아래 제장마을은 능선을 병풍처럼
세워두고 한 마리 게으른 바둑돌처럼 누워 있다

　세상을 혁명하려다 거센 바람에 쫓겨온 가랑잎들과 함
께 숨어들어 한 달 정도 술이나 마시다가

　거센 물살에 떠밀려온 돌맹이들과 강가 백사장에 퍼질
러 앉아 한나절 바둑이나 두다가

　강에서 낚시한 어름치 버들치 쉬리는 다 놓아주고 메기
나 몇 마리 잡아 얼큰한 매운탕 끓이고 감자와 옥수수를
삶아 먹으며 한여름을 나고 싶은 곳

　단단하고 새콤한 자두를 한입 베어 물면 언제 그랬냐는
듯 여름도 지나가고

　마당 한구석에 떨어진 노오란 살구 한 알 주워 가만히
펼쳐보면 살구씨 속에서 호롱불 하나 고요히 돋아나는
곳

세상의 장맛비에 젖었던 나를 쟁쟁한 햇살에 말리며 가을과 겨울이 깊어가길 기다리기 좋은 곳

초저녁 별들이 뜰 무렵 강변에 나가 앉아 스스로 깊어가는 어둠이 되면 반짝이며 오가는 강물결은 한 편의 아름다운 기다림

누군가의 고독 속으로는 갈 봄 여름 없이 눈이 내리고, 또 다시 펑펑펑 눈이 내리는데

여기는 세상의 모든 고독이 밤의 창문을 열고 눈송이 낚시를 하기 좋은 곳

아방가르드, 고독의 제1선

실레의 별
— 김유정에게

오래도록 그대를 생각했네
그대를 생각하는 동안
덥고 무정한 여름은 시원한 개울물을 따라
층층나무 사이로 불어오는 바람을 따라
조금씩 가을 쪽으로 흘러가고
닭 한 마리만 푹 고아 먹이면
유정의 병이 조금은 나아질 텐데
걱정하던 친구는 누구였던가
친구의 이름을 생각하는 동안에도
실레의 느티나무 푸른 이파리 위로는
화안한 보름달이 다시 떠오르네
그대는 짧았던 옛사랑을 그리워했는데
우리는 외려 죽음보다도 오래된
고독에 대하여 말하는구나

내가 있는 이곳은 여전히 덥거나 추운 곳
네가 있는 그곳은 고독하거나 침묵하는 곳
우리 가는 저곳은 영원한 별들의 고향인가?

그대가 승선한 실레 가을호는
은하수 저 너머 아득한 곳으로 흘러가는데

미안하다, 사랑한다, 실레의 별이여
저 허공에서 빛나는
가을호의 항로를 말해다오

빗속을 횡단하는 비

이절엔 비가 내리고
마음은 하염없다

한평생 나가자던 동지들은
하지가 가까워질수록
하나 둘 죽어가고

혼자 마셔도 함께 취하던 옛날이었는데
이제는 혼자 마시는 술에
혼자 취하는 빗소리

이절엔 비가 내리고
마음은 정처 없어라

라스베가스를 떠나며

라스베가스엔 가본 적도 없지만 이제사 라스베가스를 떠납니다

선인장으로 만든 술을 마시며 화려한 꿈속에서 생을 탕 진하려 했지만

들려오는 소문에 의하면 그곳은 먼지들 가득한 사막 속 메마른 슬픔의 고장

슬픔의 감정마저 몰락해가는 석양의 라스베가스

이제사 라스베가스를 떠납니다

두고 온 것도 없지만 가져갈 것도 없는 라스베가스를 거기에 두고

나의 혁명을 찾아 떠납니다

나의 혁명은 진정한 적멸에 드는 것

사람이 없는 곳으로 가서 조용히 몰락하겠습니다

슬픔도 음악도 없이 고요히 소멸하겠습니다

라스베가스엔 가본 적도 없지만 이제사 환락과 허영의
도시를 떠납니다

안녕, 한 번도 제대로 보지 못한 내 어설픈 사랑이여

카이에 뒤 시네마 불란서 고아의 외투

밤새 비는 내리고 이런 밤엔 독한 스카치 위스키를 마시고 누군가와 함께 옛날 영화라도 보면 좋으련만

홀로 바람 속에 앉아 프랑스산 레드 와인을 마셔요

나쁘지 않네요, 이 쓸쓸함과 적막이 변함없는 나의 친구고 동지라는 건

내일 아침이면 비가 그치겠지만 한 사나흘 비가 계속 온다면 집에 있는 와인이 다 동이 나겠지만

아침이 오면 맑은 정신으로 잠자리에 들어 햇살 가득한 오후에 일어나면 다시 뭔가를 끄적거리겠지요

어릴적 부르던 '나가자 동무들아 어깨를 잡고' 이 노래가 백파이프로 연주되는 스코틀랜드 민요였네요, 영화 〈아웃랜더Outlander〉의 주제가로 쓰이는 걸 보니

내가 쓴 시는 언제, 누군가의 주제가 될 수 있을까요?

독백이 자백처럼 쏟아져 와인처럼 얼룩지는 새벽
멀리서 불어온 바람은 불란서 고아의 외투
카이에 뒤 시네마에 그대 이름을 적어요

달보다 더 먼 곳에 그대를 두고 왔나니

오, 시간이여
검은 시간의 숲 저 너머에서
여전히 펄럭이는 한 잎의 그대여

짐 자무시 풍으로 쓴 눈의 자서전

한국에서는 나름 유명한 시인이에요, 해외로 전혀 번역이 안 돼 그렇지
— 박정대

파리의 한 낡은 아파트 단지에서는 저도 나름 유명한 시인이에요
— 알렉시스 베르노

방법서설적으로 눈이 내린다

바람이 불 때마다 낡은 책의 페이지들은 펄럭이며 글자들을 음표처럼 튕겨낸다

허공에 흩어지는 글자들을 누군가 소리 내어 읽는다

아래의 구절들은 리처드 브라우티건의 『미국의 송어낚시』 중 〈영원의 거리에서의 송어낚시〉 장章에서 왔다

나는 이 낡은 문장들을 한 글자씩 옮겨 적으며 소리 내어 읽었다(그대들도 조용히 소리 내어 읽어보라)

시는 여기에서부터 시작되는 것이었다

알론조 하겐의 송어낚시 일기

알론조 하겐은 젊었을 때 이상한 병을 앓다가 죽은 그 노파의 남동생 이름인 것 같았다, 그러한 사실은 내가 눈을 똑바로 뜬 채 그 여자의 방에 진열되어 있는 한 커다란 사진을 본 기억으로부터 추측해낸 것이었다
그 일기장의 다음 페이지를 넘기자, 몇 가지 항목들이 다음과 같이 적혀 있었다

여행의 날짜와 놓친 송어들의 숫자

1891년 4월 7일, 놓친 송어의 숫자 8
1891년 4월 15일, 놓친 송어의 숫자 6
1891년 4월 23일, 놓친 송어의 숫자 12
1891년 5월 13일, 놓친 송어의 숫자 9
1891년 5월 23일, 놓친 송어의 숫자 15

104

1891년 5월 24일, 놓친 송어의 숫자 10

1891년 5월 25일, 놓친 송어의 숫자 12

1891년 6월 2일, 놓친 송어의 숫자 18

1891년 6월 6일, 놓친 송어의 숫자 15

1891년 6월 17일, 놓친 송어의 숫자 7

1891년 6월 19일, 놓친 송어의 숫자 10

1891년 6월 23일, 놓친 송어의 숫자 14

1891년 7월 4일, 놓친 송어의 숫자 13

1891년 7월 23일, 놓친 송어의 숫자 11

1891년 8월 10일, 놓친 송어의 숫자 13

1891년 8월 17일, 놓친 송어의 숫자 8

1891년 8월 20일, 놓친 송어의 숫자 12

1891년 8월 29일, 놓친 송어의 숫자 21

1891년 9월 3일, 놓친 송어의 숫자 10

1891년 9월 11일, 놓친 송어의 숫자 7

1891년 9월 19일, 놓친 송어의 숫자 5

1891년 9월 23일, 놓친 송어의 숫자 3

여행의 총 횟수 22번, 놓친 송어의 총계 239

한 번 여행 때 놓친 송어의 평균 마릿수 10.8

나는 세 번째 페이지로 일기장을 넘겼다, 여행 연도가 1892년이고, 알론조 하겐이 24번 여행을 해 총 317마리의 송어를 놓쳤으며, 따라서 한 번 여행할 때마다 평균 13.2 마리의 송어를 놓쳤다는 것만 제외하면, 모든 항목이 앞 페이지와 똑같았다

다음 페이지는 1893년으로 되어 있었다, 그는 33번 여 행을 떠났으며, 총 480마리의 송어를 놓쳤고, 따라서 한 번 여행할 때마다 평균 14.5마리의 송어를 놓친 셈이었다

다음 페이지는 1894년으로 되어 있었다, 그는 27번 여 행을 떠났으며, 총 349마리의 송어를 놓쳤고 따라서 한 번 여행할 때마다 평균 12.9마리의 송어를 놓친 셈이었다

다음 페이지는 1895년으로 되어 있었다, 그는 41번 여 행을 떠났으며, 730마리의 송어를 놓쳤는데, 그건 매번 낚 시를 갈 때마다 평균 17.8마리의 송어를 놓친 셈이었다

다음 페이지는 1896년으로 되어 있었다, 그는 단지 12번 여행을 떠났으며, 총 115마리의 송어를 놓쳤고, 따라서 한 번 여행할 때마다 평균 9.5마리의 송어를 놓친 셈이었다

다음 페이지는 1897년으로 되어 있었다, 그는 딱 한 번 여행을 떠났을 뿐이었으며, 총 한 마리의 송어를 놓친 셈이었다

그 일기의 마지막 페이지는 1891년에서 1897년까지 7년 동안에 걸쳐 그가 행한 각 항목의 총계가 나와 있었다, 알론조 하겐은 총 160번 송어낚시를 위한 여행을 떠났으며, 총 2,231마리의 송어를 놓쳤고, 따라서 한 번 여행할 때마다 평균 13.9마리의 송어를 놓친 것으로 되어 있었다

총계가 적혀 있는 칸의 아래쪽에는, 알론조 하겐이 쓴 미국의 송어낚시를 위한 비문이 적혀 있었다, 그 내용은 다음과 같았다

나는 참을 만큼 참았다
7년 동안 낚시를 하러 갔는데
단 한 마리도 잡지 못했다
나는 낚싯바늘에 걸린 송어를 전부 놓쳐버렸다
그것들은 펄쩍 뛰어오르거나
또는 몸을 비틀어 빠져나가거나
또는 내 낚싯줄을 끊거나

또는 수면으로 떨어지면서 빠져나가거나
또는 자신의 살점을 떼 내면서 빠져나갔다
나는 송어에 손을 대본 일조차 없다
이러한 좌절과 당혹스러움에도 불구하고
나는 믿는다
놓친 송어의 총계를 생각해볼 때
그것이 매우 흥미로운 실험이었음을
그러나 내년에는 다른 어느 누군가가
또 송어낚시를 하러 가야만 할 것이다
다른 어느 누군가가 그곳으로 가야만
할 것이다

이절에서의 눈송이 낚시가 이와 같을 것이다
짐 자무시 풍으로 쓴 눈의 자서전 또한 이와 같을 것이다
그리고 낡고 오래된 스피커에서는 여전히 밤새도록
바람 부는 소리가 날 것이다, 그럴지도

대관령, 구절, 이절 그리고
정선, 그중에서

이절의 시인 박정대 형

2022년 12월 10일, 김도연 드림

— 김도연, 『강원도 마음사전』 속지에 쓴 말(도연은 어느 날 문득 이절 작업실에 들러 책이 나와서라고 한 마디 하고는, 툭 건네주고 갔다)

방법서설적으로 내리던 눈이 이제는 짐 자무시 풍으로 바뀌었다

짐 자무시-에스크esque, 짐 자무시-에스크, 누군가 자꾸만 기침을 한다

그럼 이만 총총

옛날은 눈이 내리는 밤이었다
눈이 내리는 밤은 모두 옛날이었다

호롱불 아래서 책을 읽고 글을 씁니다

호롱불 아래서 멀리 있는 것들을 생각하고 가까이에 있는 것들을 보살핍니다

호롱불 아래 앉아서 때로는 눕거나 엎드려 바람결에 묻어온 그대 소식을 듣습니다

밤은 깊고 깊은 밤 속에는 호롱불이 있습니다

멀리서든 가까이에서든 호롱불 아래서 호롱불이 온 곳을 가늠해봅니다

호롱불은 여전히 옛날처럼 타오릅니다

호롱불 아래서 옛날은 여전히 옛날처럼 타오릅니다

단 하나의 기억, 단 하나의 불꽃으로 누군가는 아직 오직 않은 옛날을 복원합니다

누군가는 여전히 살아서 죽은 자의 안부를 묻습니다

아직도 미친 말을 타고 다니는 닐 영에게

난 죽으면 하늘로 날아가 별이 될 거야
아니 우주를 떠도는 한 줌 먼지가 되겠지
넌 여전히 미친 말을 타고 다니며 노래를 부르는구나
음악이 있다는 건 행복한 거지
음악이 사라지는 곳에 인류는 당도했구나
인류는 불행한 거지
거지 같은 인류의 대지를 적시며
그래도 비는 내리는구나
죽음을 죽이려는 인류가 오늘도 비에 젖는다
비애도 비에 젖고 누군가의 잠든 슬픔도
비에 젖는다, 난 죽으면 하늘로 날아가
딱딱한 별이 될 거야, 아니 한 줌의 먼지가 되겠지
넌 여전히 천막 아래서 노래를 하는구나
네 핏속에 흐르는 유목민의 별빛
너도 언젠가 허공을 떠도는 별이 되겠지
아니 먼지가 되어 허공으로 흩어지겠지
우리는 언제나 허공을 떠도는 유령 별들
허공을 떠돌다 다시 만나는
이합과 집산의 존재들

오늘은 밤새도록 비가 내려
아침까지 적시고 있구나
삶을 살아내려는 인류가 오늘도 비에 젖는다
누군가의 깨어난 희망도 비에 젖고
이제 가까스로 잠든 비애는
이미 비에 젖어 있었다
이 빗속에서 누군가는 여전히
미친 말을 타고 다니며 노래를 부르는구나
비에 젖은 허공이여, 우리도 언젠가는 죽겠지
죽음이 허공으로, 공허 속으로 우리를 데려가겠지
그러나 우리는 하늘로 날아가는
한 마리 아름다운 노래가 되리니
아침부터 눈과 귀가 돋아난 풀잎들은
누군가의 노래를 본다
새롭게 돋아나는 풍경을 듣는다

오슬로행 야간열차

술에서 깨고 간밤의 몽상에서 깨어나면
그때부터 슬픔이 나를 사로잡는다
낭만적인 열정이 불러온 고전적 두통
지속가능한 슬픔이 내 안에 오래 머물 때
나는 슬픔이 가져올 미래와
마땅찮은 현재를 뚫어지게 쳐다보며
슬픔을 치유할 근본 대책을 생각해보는 것이다

세상과의 대치는 한바탕 나의 패배로 끝났다
오슬로행 기차 안에서 나는 생각했다
저 백기를 나부끼며 펄럭이는 대지는 누구의 영토인가
저 끝없이 펼쳐진 지속가능한 슬픔은 누구의 몫인가
그때나 지금이나 해답을 알지 못하지만

지금 집이 없는 사람은 이제 집을 짓지 않습니다
지금 고독한 사람은 내일도 오래 고독하게 살아
잠자지 않고, 책을 읽고, 긴 편지를 쓸 것입니다
그리고 낙엽이 떨어져 뒹굴면, 불안스러이
이리저리 가로수 길을 헤맬 것입니다, 라는

라이너 마리아 릴케의 저 주옥(빨리 발음하시오) 같은
시구를 떠올리며

다시 한번 자본주의와의 일전을 생각해보는 것이다
펑펑펑 쏟아지며 이 행성을 덮어나갈
눈발을 생각해보는 것이다

나에게 찾아온 지속가능한 슬픔이
어제와는 다른 종류의 슬픔이기를
간절히 기원해보는 것이다

어떤 저항의 멜랑콜리

참 무모한 꿈을 꾸었구나
그러나 아름다웠던 꿈
꿈에서 깨어나 물 한 잔 마시고
고요히 담배를 피우는 새벽에는 홀로 생각한다
참 무섭도록 아름다운 꿈을 꾸었구나
꿈의 곁에는 아무도 없었으나
꿈의 바깥도 늘 스산한 바람이 불고
날씨는 엉망이었으나
가져가야 할, 내가 꾸려가야 할
생의 낱낱의 조각들 속에서
그래도 끝까지 챙길 것은 그대의 이름
참 무모해서 무섭도록 아름다운 꿈을 꾸었구나
꿈에서 깨어나 다시 먼 꿈을 바라보나니
생은 급류에 휩쓸려와
세월의 강변에 버려진 작은 돌멩이 하나
단단하고 외로웠던 것
너도 꿈을 꾸었겠지
고단하고 외로운 꿈
무섭도록 아름다웠던 꿈

눈 속을 여행하는 오랑캐의 말
— 장정일 형에게

쿠 드 푸드드는 프랑스 말로 첫눈에 반하다는 뜻

선택하지 않는 것도 결국 선택이라고
파이프를 입에 문 애꾸눈의 철학자는 말한다

아무 것도 선택하지 않고
그 어떤 것에도
첫눈에 반하지 않는 자는
어떤 삶을 사는가?

쿠 드 푸드드 쿠 드 푸드드
튈르리 공원의 새들은 질문처럼 날아가는데

파리는 쓸쓸한 곳
사랑은 쓸쓸한 것

지상은 쓸쓸해서 아름다운 곳

양 – 조위는 다리가 네 개

박정대를 여행하는
불꽃과 눈송이와 밤을 위한 안내서

장정일

소설가, 시인

*

 2022년 겨울, 홍대 근처의 어느 서점에 북토크를 하러
갔었다. 분위기를 익히러 미리 가서 공간을 둘러보는데,
흥미로운 것 두 개가 눈에 띄었다. 먼저 눈에 띈 것은 공
간 한복판 뒤편에 자리 잡은 오디오였다. 나그라 앰프와
골드문트 스피커. 이것들은 내가 갖고 싶은 궁극의 오디
오와는 취향이 너무 달라서 한 번도 꿈꾸거나 부러워해본
적은 없지만 '소리 나는 보석' 중의 보석이 아닌가. 그 다
음에 눈에 띈 것은 건물 밖이 내다보이는 유리창에 흰색
으로 시트 커팅되어 있는 글이었다. 「천사가 지나간다」라
는, 제목 같아 보이는 문장 아래 이런 인명이 나열되어 있
었다.

가스통 바슐라르, 갓산 카나파니, 닉 케이브, 라시드 누
그마노프, 마르셀 뒤샹, 미셸 우엘르베끄, 밥 딜런, 밥 말
리, 백석, 블라디미르 마야콥스키, 빅또르 쬬이, 피에르 르
베르디, 아네스 자우이, 악탄 압디칼리코프, 앤디 워홀, 에
밀 쿠스트리차, 장 뤼크 고다르, 조르주 페렉, 지아 장 커,
짐 자무시, 체 게바라, 칼 마르크스, 톰 웨이츠, 트리스탕
차라, 파스칼 키냐르, 페르난두 페소아, 프랑수아즈 아르
디, 프랑수아 트뤼포

이건 시 아님. 산문도 아님. 머릿속에서 장르 검색 기능
이 저절로 돌아갔다. 그럼 뭐임? 서점 주인의 취향임. 천
사 가운데는 내가 모르는 인물이 다섯 명이나 되었다(이
름만 겨우 알고 있는 톰 웨이츠까지 넣으면 여섯 명).

박정대 형의 열한 번째 시집에 부칠 해설을 준비하면서,
「천사가 지나간다」가 그의 다섯 번째 혹은 여섯 번째 시
집인 『삶이라는 직업』에 나오는 시라는 것을 알게 되었다
(시인의 애독자들은 "다섯 번째 혹은 여섯 번째"라는 무
책임한 표현이 나오게 된 이유를 안다. 그리고 문제의 시
는 일곱 번째 시집 『체 게바라 만세』에 인터뷰 형식을 빌
린 시 「파르동, 파르동 박정대」에 고스란히 전제되어 있
다). 그의 시집을 통독한 지금, 닉 케이브·라시드 누그마
노프·아네스 자우이·악탄 압디칼리코프·프랑수아즈 아

르디의 '직업'이 영화감독이거나 배우·가수라는 것을 알게 되었지만, 그들의 '작품/작업'에 대해서는 전혀 모른다. 영화를 의식적으로 안 보기 시작한 게 20년이 되어간다. 1년에 한 편 볼까 말까 한데('두 편'은 상상만 해도 속이 매슥거린다), 작년에는 한 편도 본 게 없다. 닉 케이브는 영화감독 짐 자무시와 함께 박정대 형이 '천사 중의 천사'로 꼽는, '최애'하는 뮤지션인데 나는 이제껏 그의 노래를 들어본 적이 없다. 나는 심신이 멀쩡할 때 재즈와 클래식을 번갈아 듣고, 막걸리나 싸구려 포도주를 마시고 맛이 갔을 때는 오래된 가요와 록을 듣는다.

*

한 평론가는 박정대 형의 네 번째 시집을 읽고 나서 "지금껏 네 권의 시집을 냈지만 모두가 한 권 같다."라고 썼다. 이는 열한 번째가 될 이번 시집에 대해서도 할 수 있는 말이다. 그런데 저 평론가의 의도는 동일한 주제와 풍경을 반복·변주하는 듯해 보이는 박정대 형의 시에 자기 복제 혐의를 제기하기 위해서가 아니었다. 저 말은 시인의 "낭만주의는 불치병"(신형철, 『느낌의 공동체』, 문학동네, 2011, 이상 63쪽)이라는 것, 그리고 "그는 낭만주의를 살고 있기 때문에 죽기 전에는 개전의 정을 기대하기 어려울 것이다."(65쪽)라는 물증으로 제시된 것이다.

박정대 형이 낭만주의/낭만주의자와 연계된 것은 연원이 깊다. 첫 시집 『단편들』에 실린 해설에서부터, 박정대 시인을 조명한 여러 평론에서 한 번씩 혹은 그 이상씩 그를 낭만주의/낭만주의자로 호명했다. 그러나 이들은 하나같이 호명에 이어진 역접 "그러나"를 통해, 또는 글의 말미에 가서 그 호명을 슬며시 취소하거나 완화했다. "결론을 맺자. 그는 낭만주의적인 시인이 아니다."(65쪽)라고 한 신형철도 예외는 아니다. 우리는 그 이유를 안다. 먼저, 그 때문에 따라다니게 될 낭만주의/낭만주의자라는 낙인으로부터 시인을 보호하기 위해서다. 왜냐하면 한국에서 낭만주의/낭만주의자는 현실 도피적이고 퇴영적이며 보수적이라고 알려져 있기 때문이다. 물론 평론가들은 낭만주의/낭만주의자가 결코 그렇지 않다는 것을 잘 알고 있지만, 그런 배려는 낭만주의에 대한 세간의 오해를 바로 잡는 기회도 놓치고, 시인을 적극적으로 해석하는 것 또한 포기하는 것이다.

박정대 형은 오랫동안 자신의 시 속에 '낭만'이라는 말을 쓰지 않았다. 열 번째 시집 『라흐 뒤 프루콩 드 네주 말하자면 눈송이의 예술』을 낼 때에서야 두 편의 시에 처음으로 그 단어를 입에 올렸다(「폭풍우 치는 대관령 밤의 음악제」, 「오랑캐략사 리절 외전」). 그리고 이번 시집의 맨 앞에 그 단어가 들어간 「안녕, 낭만적으로 인사하고 우리는 고전적으로 헤어진다」를 배치했다. 이것은 그동안의 평론가들의 배려에 대한 박정대 형의 도발처럼 보이고, 그동안의 작업에 대한 시인의 자신감을 나타내는 것처럼 보인다. 그가 첫 시집을 냈던 1997년도와 달리, 낭만주의가 현실 도피적이지도 퇴영적이지 보수적이지도 않다는 것을 아는 사람도 조금 늘었다. 낭만주의는 세상을 예술 작품으로 만들기 위한 기획이며, 그렇게 완수된 예술적 자율성은 세상의 끔찍함을 비추고 고발하는 또 다른 세계(적극적으로는 '유토피아', 소극적으로는 '거울')이다. 박정대 시의 두드러진 미학적 특징인 ①동일 주제와 풍경의 반복·변주 그리고 ②상호텍스트성(인용, 오마주, 패러디에서부터 표절까지)은 낭만주의의 미학적 특성을 나타낸다.

*

박정대 형의 시론이라고 보아도 좋을 「파르동, 파르동 박정대」는 ①에 대해 이렇게 해명한다. "나는 어떻게 보면 늘 같은 시를 반복해서 쓰고 또 쓰고 있다, 사람은 다 다르다, 한 개인의 성격은 자신이 지내온 어린 시절의 결과이며, 사람은 의식하든 의식하지 못하든 하나의 아이디어를 반복해서 계속 재탕하며 평생을 보낸다". 완벽하지만, 방어적으로 보이는 이 해명에서 박정대 형은 '재탕'이라고 했지만, 그의 재탕은 반복·변주를 통해 세계를 낭만화하는 것과 연관 있다. 이를테면 그의 첫 시집에서 시인을 가리키는 최초의 말은 '집시'였는데, 이후 '전직 천사', '오랑캐', '혁명적 인간', '유령', '백색 소음', '불란서 고아' 등으로 변주·반복된다. 이를 통해 '세계의 낭만화'는 질적으로 강화된다.

김진수가 『우리는 왜 지금 낭만주의를 이야기하는가』(책세상, 2011)에 인용한 노발리스의 말을 그대로 옮기면, 세계의 낭만화를 질적으로 강화한다는 것은 "저속한 것에다 높은 의미를 주고, 평범한 것에다 신비적 외관을 부여하고, 이미 알려진 것에는 미지의 품위를 부여하고, 유한한 것에는 무한의 사상을 부여함으로써 낭만화되는 것이다."(41쪽) 박정대 시에서 낭만화를 찾는 것은 너무나 손쉽다. "담배는 음악, 그러니까 음악의 기본 성분이 담배라는 얘기/ 담배를 피우는 자들은 모두 작곡가, 그러니까 담배를 끊은 그대들은 그대들의 세계로 꺼져버리라는 얘기"(「오직 사랑하는 자만이 살아남는다」)와 같은 흡연 예찬이 그런 사례다.

*

세계의 낭만화와 함께 박정대 형은 첫 시집에서부터 매우 강한 상호텍스트성을 과시했다. 그는 훔쳐오는 데 대범했다. 그는 안드레이 보즈네센스끼의 시집 『이 세상에 옛애인은 없어요』(열린책들, 1989)에 실려 있는 「옛애인에게 돌아가지 마세요」를 「이 세상의 애인은 모두가 옛 애인이지요」라는 시로 바꾸어, 자기 것으로 만들었다(두 시를 비교해보는 것만으로도 사랑에 관한 한 편의 글을 쓸 수 있다). 이번 시집에서도 보들레르(「안녕, 낭만적으로 인사하고 우리는 고전적으로 헤어진다」, 「우리는 이미 충분히」)와 릴케(「오슬로행 야간열차」) 등 많은 시인·작가들의 글귀를 활용하고 있거니와, 앞서 「파르동, 파르동 박정대」에서 자신의 미학적 특징인 ②를 이렇게 해명하고 있다. "필요하다면 결코 망설이지 말라, 모든 시인은 훔친다", "시의 독창성이란 허상이다, 시는 경전이 아니다, 시인은 누구나 자기 한계를 갖고 있다, 시를 쓸 때 나는 아무 것도 통제하지 않는다".

집시들은 '도둑'으로 악명 높은데 이들은 스스로 그 악명을 부정하지 않고, 오히려 자랑스럽게 생각한다. 집시들에게는 '7년마다 한 번씩 도둑질을 해야 한다는 전설'이 전해져 내려오는데 거기엔 이런 유례가 있다.

그리스도의 십자가 행렬이 갈보리 언덕을 향해 가고 있을 때, 한 집시 노파가 사람들에게 다가가 무슨 일이냐고 물었다. 사람들이 자초지종을 이야기해주자, 그녀는 고통에 찬 구세주의 얼굴을 바라보았다. 그러곤 그리스도가 너무나 불쌍해 보여서, 어떻게든 십자가 처형을 면하게 해주고 싶었다. 그래서 '십자가에 박을 저 못들을 훔칠 수만 있다면 좋을 텐데.'라는 생각을 하게 되었다. 결국 그녀는 못 하나를 훔쳐서 멀리 내던져버렸다. 그러나 두 번째 못을 훔치려다가 그만 로마 병사에게 붙잡혀서 구타를 당하고 말았다. 그때 집시 여인은 "나는 7년 동안 아무것도 훔치지 않았습니다."라고 말하면서 용서를 구했다. 그러자 거기에 서 있던 예수의 한 제자가 그녀에게 말했다. "당신은 축복을 받았소. 구세주께서 당신이 7년마다 한 번씩 물건을 훔칠 수 있도록 허락하셨소. 지금부터 영원토록!"

집시들은 '그리스도를 십자가에 못 박을 때, 그리스도의 두 발을 포개어 박음으로써 단지 세 개의 못만을 사용했던 이유가 바로 이 때문'이라고 믿는다. 이 이야기는 앙리에트 아세오의 『집시: 유럽의 운명』(시공사, 2003) 130쪽에 나온다.

"모든 시인은 훔친다"라는 박정대 형의 말은, 시인을 집시라고 불러온 그에게 어색하지 않은 것이기도 하지만, 낭만주의/낭만주의자의 예술적 자의식과 예술적 자율성이 자신을 강화하고 확장한 때문이기도 하다. 낭만주의/낭만주의자는 세계를 재현하는 것에 관심을 두지 않고, '문학 공화국'을 구축하는 데 열중한다. 그런 뜻에서, "시를 쓸 때 나는 아무 것도 통제하지 않는다"라는 박정대 형의 말은 매우 중요하다. 문학계 내부의 전문가들이나 감시자들에 의해 베끼기(표절)라고 지탄되기도 하는 상호텍스트성은 눈치 보지 않고 자유롭게 시도되어야 한다. 상호텍스트성을 꺼림칙하게 여기는 것은 물론, 그것을 도덕적으로 지탄하게 되면 될수록 강화되는 것은 지적 저작권이다. 전문가들이 베끼기(표절)로부터 창작의 순수와 윤리를 보호한다고 하지만 실제로 그들이 보호하는 것은 자본주의와 문화산업이며, 통제되고 위축되는 것은 글쓰기의 자유다. 21세기의 예술가는 독창성에 헌신하기도 해야 하지만, 한편으로는 자본주의와 문화산업이 자신의 곳간에 쟁여놓고, 접근금지 표찰을 달아놓은 지적 재산권을 '훔치는' 일도 함께해야 한다. 박정대 형의 두드러진 상호텍스트성은 그런 의도와 무관하지 않다.

마지막으로 덧붙이자면, 1997년에 첫 시집을 낸 박정대 형이 시인으로서 왕성한 활동을 선보인 시기는 8년 뒤, 시집을 쏟아내기 시작한 미래파 시인들의 작품 활동 시기와 겹친다. 그는 미래파와 크게 섞인 적이 없으나, 언어적·미적·감성의 자의식과 자율성으로 무장한 미래파의 기원이 낭만주의라는 것은 밝혀둘 가치가 있다. "아 아방가르드여,/ 우리는 온몸으로 꿈인/ 온몸으로 꿈을 밀고 나가는/ 꿈의 최전선"(「유월은 폐허의 달」). 미래파는 낭만주의가 갖고 있는 유토피아에의 열망을 갖고 있지 않다.

*

    박정대 형은 밤과 겨울을 편애한다. 밤을 편드는 구절로는 "어둠에 안긴 우리는 내면으로 조금씩 망명해 갔네"(「숲에 이르기 직전의 밤」), "밤보다 깊은 밤입니다"(「빛의 음악 —Aygün Bəylər」), "이미 충분히 아무도 읽지 않을 밤이여/ 불면의 불멸의 밤이여"(「우리는 이미 충분히」) 등이 있고, 겨울을 편드는 구절로는 "완벽한 적멸의 겨울밤이다"(「은하수를 여행하는 히치하이커를 위한 안내서 Ⅱ」), "겨울이 너무 좋아 봄이 오길 굳이 기다리지 않아도 되는 나라"(「리절 오랑캐략사」), "밤은 낮이 숨겨둔 골목"(「나의 청춘 마리안느」) 등의 구절이 있다. 이 가운데서, 밤과 겨울에 대한 시인의 선호가 어우러져 만들어낸 가장 울림이 큰 구절은 "한평생 나가자던 동지들은/ 하지가 가까워질수록/ 하나 둘 죽어가고"(「빗속을 횡단하는 비」)일 것이다. 하지(夏至)는 여름의 한복판이고, 낮이 가장 긴 날이다. 동지들이여, 하지에 침을 뱉어라.

    원래 밤은 낭만주의자의 시간이고, 이들이 가까이한 계절은 조락의 계절인 가을이다. 그런데 박정대 형은 낭만주의자이면서 가을을 좋아하지 않는다. 이것은 낭만주의의 질적 강화이다. 낭만주의자가 밤과 겨울을 선호하는 이유는 이성·법·노동·발전이라는 가치를 거부하기 때문이기도 하고, 나아가 그것들이 억누르고 배척한 꿈과 내면을 삶 속으로 통합하기 위해서다. 그러므로 박정대 형이 "나의 친구들은 서쪽에 많이 있고", "남들 다 짓는다는 남향집을 마다하고/ 나도 모르게 서향집을 지"(「위도와 경도 사이에서」)었다고 말하는 것도 낯설지 않다. 서쪽은 죽음을 상징하는 방위인데, 낭만주의/낭만주의자는 염세 때문이 아니라 삶에 대한 사랑 때문에 죽음마저 삶의 질서에 통합(낭만화)하려고 한다. "누군가는 여전히 살아서 죽은 자의 안부를 묻습니다"(「옛날은 눈이 내리는 밤이었다 눈이 내리는 밤은 모두 옛날이었다」).

*

박정대 형은 기왕에 낸 모든 시집에서 "삶은 다른 곳에 있고/ 나는 여전히 이 행성의 삶에 속하지 않으니"(「안녕, 낭만적으로 인사하고 우리는 고전적으로 헤어진다」)라는 낭만주의 정신을 표방했고, "세상의 통계에 잡히지 않는 삶을 꿈꾸었소"(「눈 속을 여행하는 오랑캐의 말」)라는 당당한 낭만주의자였다. 그러던 그가 갑작스럽게 "여름으로 가는 문은 어디에 있는가"(「여름으로 가는 문」)라고 묻는다. 그 또한 하지의 공략에 흐물흐물해지려는 것인가.

이번 시집 뒤편에 실려 있는 산문(「[덧문] 눈 속을 여행

128

하는 오랑캐의 말, 너도 꿈을 꾸었겠지 무섭도록 아름다운 꿈」)을 보니, 시인은 강이나 숲을 산책하다가 돌을 줍는 취미가 있는 모양이다. 그러고 보니 그의 시집에 돌멩이의 무욕(無欲)과 단순함을 노래한 시가 드문드문 있었는데, 이번 시집에도 「어떤 저항의 멜랑콜리」라는 시가 있다.

참 무모한 꿈을 꾸었구나

그러나 아름다웠던 꿈

꿈에서 깨어나 물 한 잔 마시고

고요히 담배를 피우는 새벽에는 홀로 생각한다

참 무섭도록 아름다운 꿈을 꾸었구나

꿈의 곁에는 아무도 없었으나

꿈의 바깥도 늘 스산한 바람이 불고

날씨는 엉망이었으나

가져가야 할, 내가 꾸려가야 할

생의 낱낱의 조각들 속에서

그래도 끝까지 챙길 것은 그대의 이름

참 무모해서 무섭도록 아름다운 꿈을 꾸었구나

꿈에서 깨어나 다시 먼 꿈을 바라보나니

생은 급류에 휩쓸려와

세월의 강변에 버려진 작은 돌멩이 하나

단단하고 외로웠던 것

너도 꿈을 꾸었겠지
고단하고 외로운 꿈
무섭도록 아름다웠던 꿈
—「어떤 저항의 멜랑콜리」 전문

이 시는 그 자체로 읽는 사람의 마음을 안타깝고 쓰라
리게 한다. 게다가 "무모해서 무섭도록 아름다운 꿈"이
박정대 형이 그동안 꾸었던 꿈('낭만주의자의 분투'라고
적지 않아도, 이제는 독자들도 아시리라)이었다니 더욱
마음이 쓰라리고 안타깝다. 이 시는 "세상과의 대치는 한
바탕 나의 패배로 끝났다"(「오슬로행 야간열차」)라는 시
구와 겹쳐져 더욱 내 마음을 아프게 한다. 분투에 지친 집
시는 이렇게 말한다. "나는 세상의 모든 곳을 떠돌았으나
나에게로 도착하여 가장 슬프다"(「세상의 모든 슬픔」).
나에게로 도착하는 것을 슬퍼하거나 패배라고 자인할 필
요는 없다. 멀리까지 갔다가 돌아오는 것은 낭만주의의
공식이다. 영영 돌아오지 않는 것은 낭만주의가 아니다.
낭만주의 공식의 치명적인 문제는 돌아온 뒤에 민족주의
자가 되거나, 종교가/신비주의자가 되거나, 보수주의자
가 된다는 것이다. 그러나 박정대 형은 그가 시를 쓰는 이
유인 세계의 낭만화를 포기한 바 없다. 「그녀 곁에 슬프게
앉아 있을 때」를 보자.

작은 시냇물이 졸졸 흘러가는 곳에 생강나무는 노오랗게 꽃을 피워 올리고 있었다

꽃잎 떨어진 자리, 맑은 시냇물 가에 외로운 어린 짐승처럼 생강나무는 여린 이파리들을 혓바닥처럼 삐죽 내어 밀고 있었다

누군가 시냇물에 얼굴을 비추고는 낯을 씻고 손을 씻으며 울고 있었다

맑은 시냇물 속엔 작고 차가운 돌맹이 하나

나는 자꾸만 그 돌맹이에게 아름다운 이름을 붙여주고 싶었다
 ─「그녀 곁에 슬프게 앉아 있을 때」 전문

이 해설은 갑작스레 끝나지만, 박정대 형이 이번 시집의 여러 곳에서 "호롱불"(「빛의 음악 – Aygün Beyler」, 「고독의 제1선」, 「옛날은 눈이 내리는 밤이었다 눈이 내리는 밤은 모두 옛날이었다」)을 노래하는 것은 결코 갑작스러운 게 아니다. 애초부터 그의 시에는 고향을 떠나는 방랑자나 코스모폴리탄의 면모가 귀거래(歸去來)나 좌선(坐禪, 그의 시에서는 '반가사유상'으로 나타난다)의 면모와

함께, 확장과 수축 운동을 했다. 세계 지도를 펼쳐놓은 듯한 그의 확장 운동은 안 가는 곳이 없었지만, 세 번째 시집 『아무르 기타』에 실려 있는 「가을 저녁寺」의 한 구절처럼 그는 늘 "자신이 걸어가 당도할 집"을 꿈꾸었고, 그리로 돌아갔다. 이번 시집은 수축보다 확장이 더 우세했던 그 동안의 시작이 수축으로 심화되는 첫 번째 시집이며, 새로운 출발로 보인다. 끝

덧문

눈 속을 여행하는 오랑캐의 말,
너도 꿈을 꾸었겠지 무섭도록 아름다웠던 꿈

오랑캐 이 강

  오랑캐 이 강이 누구냐고는 굳이 묻지 말자, 그는 단지
눈 속을 여행하는 오랑캐의 말

  강가나 숲을 산책하다 돌을 주워 오곤 한다, 새로 데려
온 돌은 자리를 잡는 데 한참이 걸린다, 그래도 작업실 이
절에서의 눈송이 낚시 한 구석에 자리 잡은 돌은 나름 존
재감을 과시한다, 강돌과 산돌이 모두 아름답지만 산돌
은 야외에, 강돌은 실내에 두는 게 어울린다, 강돌의 아름
다움에 반해서 강돌이라는 필명을 쓰기도 했지만 이곳에
서는 하루에 두 번 산책하는 게 가장 중요한 일과가 되었
다, 그 나머지 시간들은 책을 읽거나 글을 쓰거나 영화를
보거나 뒹굴거리거나 가끔 읍내에 나가 문학 강의를 하거

나 동생 사무실에서 술을 한 잔 마시고 축구 경기를 보며 소리를 지르는 게 생활의 전부이다, 삶이 단순하니 내면의 광활한 영토가 보인다

언어의 문제 때문에 이 행성은 그토록 아름답고 낯설어진다 ─ 짐 자무시

김태용 감독의 〈만추〉를 오랜만에 다시 보며 이 글을 쓴다, 이 영화의 기본 언어는 영어와 중국어로 이루어진다, 영화의 한 장면에서 훈(현빈 분)은 애나(탕웨이 분)에게 중국말은 '하오好'밖에 모른다고 말한다, 애나로부터 '하오'의 반대말인 '화이壞'를 배운 훈은 애나의 말에 '하오'와 '화이'로만 맞장구친다, 하오든 화이든 훈의 말은 "난 네가 좋아"라는 말의 다른 표현인 셈이다, 누군가를 열렬히 사랑한 적이 언제였던가? "언어의 문제 때문에 이 행성은 그토록 아름답고 낯설어진다"는 짐 자무시의 말에 공감하는 밤이다, 어느 식당에서 감정적 대립으로 애나의 옛친구인 왕징과 싸운 후 해명을 요구하는 애나에게 훈이 둘러대는 말은 이렇다, "이 사람이 내 포크를 썼다구요, 그런데도 사과를 하지 않는다구요", 영화의 끝부분에서 안개가 너무 심해 버스가 잠시 쉬어가는 휴게소 장면도 압권이다, 이 장면을 보면서 박찬욱 감독은 탕웨이를 주연으로 〈헤어질 결심〉을 '찍을 결심'을 하지 않았을까?

영화의 후반부 애나는 훈과 마시려고 들고 가던 두 잔의 커피를 쏟는다, 이 모든 게 만추에 일어난 일, 2년이 흐른 후 애나는 출소한다, 안개로 정차했던 휴게소에서 애나는 훈을 기다리고 애나의 탁자 위에는 한 잔의 커피가 있다, 커피는 식어가는데 이 모든 게 만추에 일어난 일, 그리고 라스트 씬, 휴게소 탁자에 앉아 창밖을 바라보던 애나는 맞은편 텅 빈 의자를 향해 나지막이 속삭인다, "안녕, 오랜만이에요", 부재하는 것들의 실존, 기억의 힘은 현존을 초월하여 그 너머 영원까지 닿아 있다, 어떤 것의 끝이자 시작이며 또 어떤 것의 시작이자 끝인 말, 안녕

고독이 옆구리 곁에 와 앉아 있다 눈발을 헤치며 고양이는 더 따스하고 밝은 쪽으로 나아간다 — 박정대

세상의 모든 책은 첫 책, 책의 모든 페이지는 첫 페이지라고 쓴 적이 있다, 그런 의미에서 세상의 모든 시간은 첫 시간이고 미래의 책은 없다, 어느 책의 두 번째 페이지도 없다, 그러니까 이 글은 없는 책 없는 페이지에 관한 것이다, 호롱불을 이리저리 옮기며 책을 읽고 글을 쓴다, 그러면 누군가 묻는다, 오랑캐 이 강은 19세기에 존재했던 시인인가? 아니다 그는 부재하는 실존이며 실존하는 부재이다, 아르튀르 랭보는 『지옥에서 보낸 한 철』의 서장에서 이렇게 묻는다, "나는 짐승인가, 희생자인가, 골 족인

가? 나는 거세당한 자인가, 문둥이인가? 나는 죄인인가, 도덕을 벗어난 자인가? 나는 광대인가, 예언자인가, 천사인가?", 그의 질문에 대한 대답은 이렇다, "글 속의 인물은 모두 일종의 천사다, 글을 쓰는 모든 이가 전직 천사이듯이, 글 속의 인물은 보이는 존재보다는 보이지 않는 존재들과 더 오래 존재하기 때문이다", 도스토옙스키적인 밤, 모든 것을 탕진한 듯한 밤이다, 이런 밤에는 삶에서 벗어나기 위해 최선을 다한다, 그게 어쩌면 삶으로 다시 돌아오기 위한 유일한 방법이기 때문이다

모든 삶은 첫 삶이어야 하는데 나의 삶은 왜 첫 삶이 아닌가? 모든 글은 첫 글이어야 하는데 나의 글은 왜 첫 글이 아닌가? 모든 음악은 첫 음악이어야 하는데 내가 듣는 음악은 왜 무수히 반복되는가? 오 그대여, 이리로 와서 나의 시를 들어라, 무한히 반복되는 음악이 여기에 있다, 이 세상 어디에도 없는, 어느 책의 두 번째 페이지가 지금, 여기에서, 펄럭이고 있다, 바람이 분다, 비가 올 것이다, 바람이 분다, 비가 올 것이다, 바람이 불지 않는다, 그렇다면 눈이 올 것이다

감정이란 사상 이전의 사상이다 — 이태준
이태준의 말이 옳다 — 오랑캐 이 강

그대는 이 구절을 읽다가 웃음을 터트렸다, 이태준의 말이 옳다는 오랑캐 이 강의 말은 결국 당신의 감정선을 건드렸다, 누군가는 감정 공산주의를 말하지만 '주의'가 들어간 말은 주의하라, 감정의 확산을 말할 때에도 주의라는 말은 주의하라, 또 누군가는 낭만적 혁명주의니 내면적 리얼리즘을 말하지만 이즘은 잊음을 전제로 하나니 감정이란 사상 이전의 사상, 모든 사상은 초코파이 정情으로부터 왔다, 이태준이 〈만주기행〉에서 '만만적漫漫的'이라 쓴 것을 어느 독자가 편지를 보내와 '만만적慢慢的'이 옳음을 은근히 알려준다, 이태준은 고마움을 느낀다, 그러니까 이태준은 "감정은 사상 이전의 사상이다"라는 말을 할 자격이 있다, 창경궁 자격루自擊漏가 그의 말이 옳다고 고개를 끄덕이며 종소리로 화답한다, 그대는 여기까지 읽다가 더 이상 웃지 않는다, 그러나 누굴 탓하랴, 모든 글은 끝내 그 글을 읽는 독자들이 완성하는 미지의 아름다움인 것을

눈밭을 헤치며 더 따스하고 밝은 쪽으로 나아가던 고양이는 보이지 않는다, 까만 벨벳 옷을 입은 까마귀가 물어다 두고 간 이절의 검고 어두운 밤이다, 그래도는 방안엔 불빛들이 있어 옛날의 호롱불처럼 타오르는 밤이다, 닉 케이브의 〈As I sat sadly by her side〉를 듣는 여기는 이절夷節, 오랑캐의 계절이다

어떤 축제에 대한 기억 그 기억만으로도 삶은 지속된다, 삶이 삶을 견디는 아름다웠던 축제의 기억들은 지금 어디에 있는가

하지만 푸른 햇살이 쏟아지는 날 모든 가능성의 거리에서 우리 만나요, 예술의 고아들과 구름의 부족들이 바람 구두를 신고 모여드는 무한의 광장에서 우리 다시 만나요, 손에는 담배를 허리춤엔 술병을 꿰차고 그 외 나머지는 모두 우리의 내면에 있을 테니

너도 꿈을 꾸었겠지
고단하고 외로운 꿈
무섭도록 아름다웠던 꿈
— 박정대, 「어떤 저항의 멜랑콜리」

이 모든 게 눈 속을 여행하는 오랑캐의 말

달아실에서 펴낸 박정대의 시집

체 게바라 만세(2023)

달아실시선 73

눈 속을 여행하는 오랑캐의 말

1판 1쇄 발행	2023년 10월 27일
지은이	박정대
발행인	윤미소
발행처	(주)달아실출판사
책임편집	박제영
디자인	전부다
법률자문	김용진, 이종진
주소	강원도 춘천시 춘천로 257, 2층
전화	033-241-7661
팩스	033-241-7662
이메일	dalasilmoongo@naver.com
출판등록	2016년 12월 30일 제494호

ⓒ 박정대, 2023

ISBN 979-11-91668-93-3 03810